친절에 대하여

Congratulations, by the way

친절에 대하여

'친절'을
'성공' 다음으로 미루는
이들을 위한
행복론

조지 손더스
George Saunders
지음

강주헌
옮김

Congratulations,
by the way

RHK
알에이치코리아

차례

사랑하는 마음으로
조부모님을 기억하며:
존과 제인 클라크,
조지 A.와 메리 메이 손더스

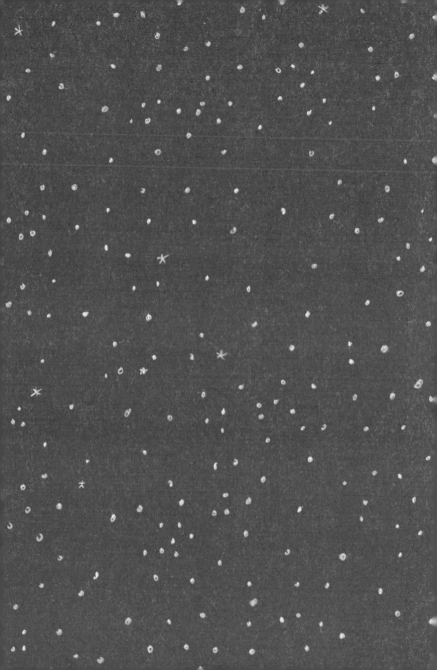

시간이 흐르면서 졸업식 축사도 진화하듯 전통적인 형식이 자리 잡았습니다. 삶을 살아온 과정에서 일련의 끔찍한 실수를 저지르며 삶의 황금기를 넘긴 나 같은 늙은이가, 여러분처럼 황금기를 앞둔 똑똑하고 활기에 넘치는 젊은 이들에게 진심에서 우러나는 조언을 해주는 것입니다.

그래서 나는 이 전통을 존중할 생각입니다.

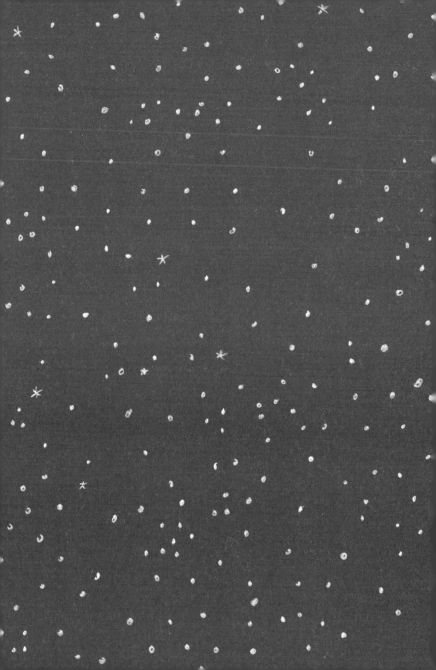

늙은 노인에게 돈을 빌리거나, 그들이 즐겨 추던 옛날 춤 하나를 추게 하고는 웃으며 지켜보는 것 이외에 여러분이 노인들에게 얻을 수 있는 유익한 게 또 하나 있다면, "과거를 되돌아볼 때 무엇을 후회하십니까?"라고 묻는 것일 겁니다. 그럼 노인들은 여러분에게 대답해주겠지요. 여러분도 잘 아시겠지만 때로는 여러분이 묻지 않아도 노인들은 무엇을 후회한다고 말해줄 것이고, 때로는 여러분이 말해달라고 특별히 부탁하지 않았는데도 노인들은 자진해서 말해줄 겁니다.

그럼 나는 무엇을 후회할까요? 이따금씩 가난했던 것을 후회할까요? 전혀 아닙니다. 도살장에서 뼈를 발라내는 사람처럼 끔찍한 일을 했던 걸 후회할까요?(그런 일에 무엇이 뒤따르는지는 묻지도 마십시오.) 아닙니다. 나는 그런 걸 후회하지는 않습니다.

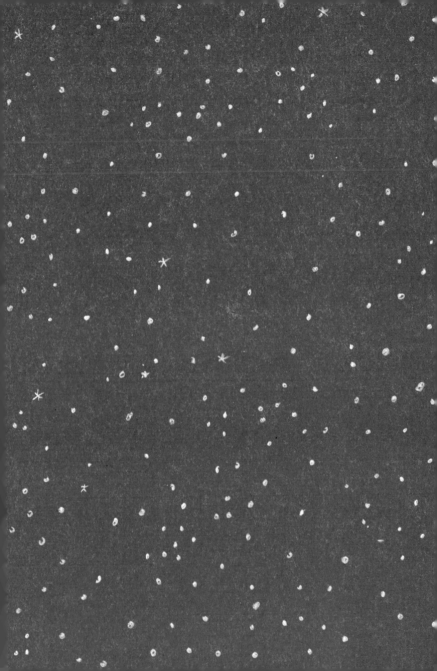

수마트라의 한 강에서 약간 들뜬 기분에 알몸으로 수영하다가 위를 쳐다보았습니다. 300마리의 원숭이가 파이프라인에 앉아 그 강에 똥을 싸는 것 같더군요. 입을 멍하니 벌리고 발가벗은 채, 내가 조금 전까지 수영하던 그 강을 쳐다봤습니다. 그런 강에서 수영했던 걸 후회할까요? 게다가 그 후로 지독히 아파서 일곱 달 동안 끙끙 앓았던 걸 후회할까요? 전혀 그렇지 않습니다.

그럼 굴욕을 맛보았던 순간을 후회하고 있을까요? 예컨대 내가 정말 좋아했던 여자아이를 비롯해 많은 관중 앞에서 하키 경기를 하다가 넘어지면서 기묘한 비명을 내지르며 자살골을 넣었고, 게다가 내 하키 스틱이 관중을 향해 날아가 그 여자아이를 거의 맞출 뻔한 적이요? 아닙니다. 나는 그런 걸 조금도 후회하지 않습니다.

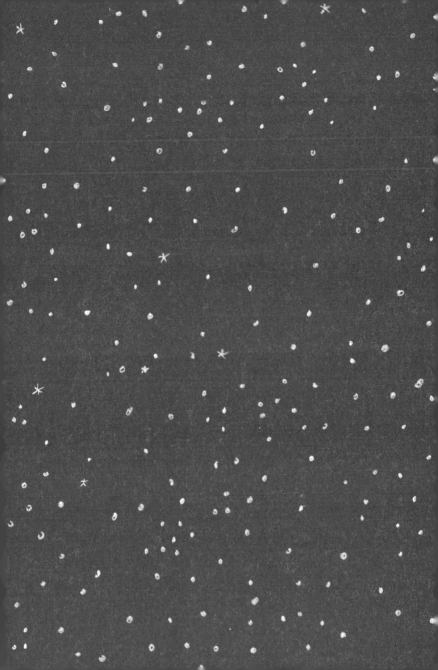

내가 후회하는 건 이런 것입니다.

중학교 1학년 때 한 아이가 우리 반에 전학을 왔습니다. 당사자를 보호하기 위해서 이 축사에서는 그녀의 이름을 엘렌이라 하겠습니다. 엘렌은 자그맣고 부끄럼을 많이 타는 소녀였습니다. 엘렌은 고양이 눈처럼 생긴 파란 안경을 쓰고 다녔습니다. 그런 안경은 당시에 할머니들이나 쓰던 것이었죠. 게다가 거의 언제나 겁먹은 듯한 모습이었고, 그럴 때마다 엘렌은 머리카락 한 가락을 입에 넣고 씹는 버릇이 있었습니다.

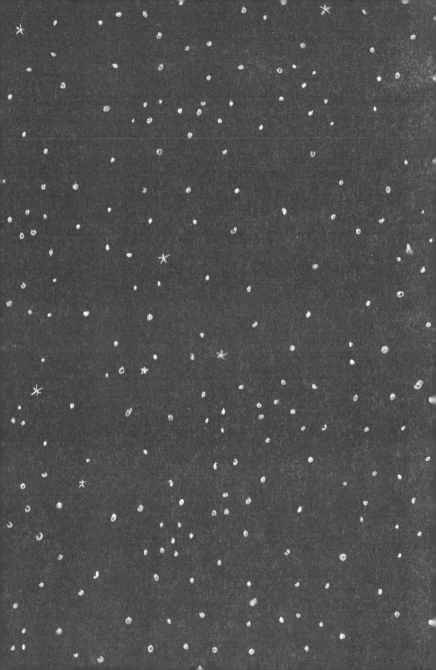

그래서 엘렌이 우리 학교와 우리 동네에 왔을 때 무시당하기 일쑤였고, 때로는 놀림도 받았습니다.

"네 머리칼은 맛있니?"라는 식으로 말입니다. 그런 무시와 놀림에 엘렌이 마음에 상처를 받는다는 걸 나는 알았습니다. 그런 모욕을 받은 후에 엘렌이 어떻게 행동했는지 지금도 뚜렷이 기억나니까요. 엘렌은 자존심에 상처를 입었던지 고개를 푹 숙인 채, 자기가 어디에 있어야 하는지 그제야 생각난 듯 최대한 빨리 우리에게서 벗어나려 애썼습니다. 그러고는 잠시 후, 엘렌은 역시 머리카락을 입에 물고 도망쳤습니다.

내 상상이지만, 학교 수업을 끝내고 집에 가면 엘렌의 어머니가 "우리 딸, 오늘 하루는 어땠니?"라고 물었을 겁니다. 그럼 엘렌은 "아, 좋았어요."라고 대답했을 겁니다. 어머니가 다시 "친구는 좀 사귀었니?"라고 물으면 엘렌은 "그럼요, 많은 친구를 사귀었어요."라고 대답했을 겁니다.

가끔 나는 엘렌이 자기 집 앞마당에서 혼자 서성대는 걸 보았습니다. 앞마당을 벗어나는 것조차 두려워하는 것 같았습니다.

그리고 얼마 후, 엘렌 가족은 이사를 갔습니다. 그것으로 끝이었습니다. 어떤 비극도 없었습니다. 결정적인 대단한 괴롭힘도 없었습니다.

어느 날 엘렌은 그곳에 있었고, 다음날 그녀는 그곳을 떠났습니다.

그렇게 이야기는 끝났습니다.

그런데 왜 이제 와서 내가 그것을 후회하는 것일까요? 42년이 지난 지금까지 내가 그 사건을 기억에서 떨쳐내지 못하는 이유가 무엇일까요? 대부분의 다른 아이들에 비하면 나는 엘렌에게 상당히 친절한 편이었습니다. 엘렌에게 한 번도 모진 말을 한 적이 없었습니다. 적극적이지는 않았지만 때로는 엘렌을 조금 편들기도 했습니다.

하지만 여전히, 그때의 일이 마음에 걸립니다.

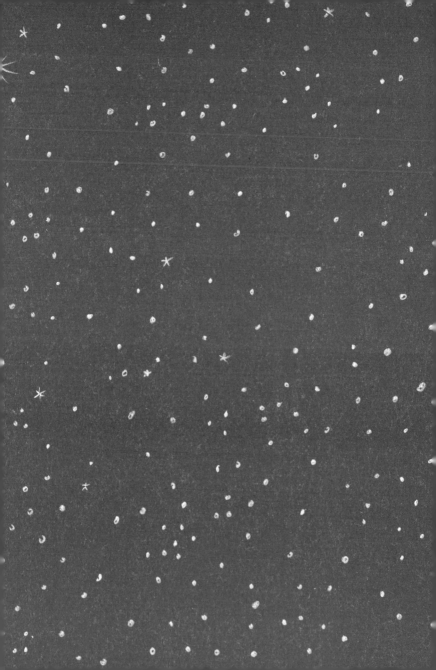

따라서 약간 진부하지만 맞는 말이라고 확신하는 교훈 하나를 말씀드리려 합니다. 그런데 그 교훈을 어떻게 실천해야 하는지에 대해서는 나도 잘 모릅니다.

내가 지금까지 살아온 과정에서 가장 후회하는 것은 '친절하지 못했다'는 것입니다.

다른 사람이 내 앞에서 고통받고 있던 때 나는 이렇게 반응했습니다. …… 이것저것을 따지며 새치름하게, 적당하게.

망원경의 반대편에서 볼까요? 여러분의 삶에서 정말 사랑하는 마음으로, 누구도 부인할 수 없는 따뜻한 감정으로 기억하는 사람이 있습니까?

틀림없이, 여러분에게 더없이 친절했던 사람일 겁니다.

친절하게 행동하는 게 쉬워 보이지만 정말 어렵습니다.
하지만 여러분이 '더 친절하려고 노력하는 것'을 삶의 목
표로 삼아도 나쁘지 않을 거라고 감히 말씀드리겠습니다.

자, 백만 달러짜리 질문을 하겠습니다.

우리 문제가 무엇일까요? 왜 우리는 더 친절하지 못한 것
일까요?

내 생각은 이렇습니다.

우리는 누구나 태어날 때부터 일련의 막연한 생각을 안고 살아가며, 그런 생각들은 십중팔구 다윈의 진화론에서 비롯된 듯합니다. 대충 정리하면 이런 생각들입니다. 첫째, 우리가 우주의 중심이란 생각입니다. 다시 말하면 우리 개개인의 이야기가 중심적인 이야기이고 가장 흥미로운 이야기이며, 유일한 이야기라는 생각입니다. 둘째, 우리는 우주로부터 독립된 존재라는 생각입니다. 우리는 여기에 있고, 저 밖에는 온갖 쓸모없는 것들, 예컨대 개와 아이들의 놀이기구, 네브래스카 주와 낮게 드리운 구름 및 다른 종족들이 있다는 생각입니다. 셋째, 우리는 영원하다는 생각입니다. 물론 죽음을 피할 수는 없습니다. 하지만 다른 사람들이나 피할 수 없는 것이지 나에게는 그 원칙이 적용되지 않는다는 생각입니다.

우리는 이런 생각들을 곧이곧대로 믿을 정도로 지적으로 어리석지는 않습니다. 하지만 감정적으로는 그렇게 믿으며 그런 막연한 생각에 맞추어 살아갑니다. 따라서 우리는 이런 생각들에 지배받아 다른 사람의 욕구보다 우리 자신의 욕구를 우선적으로 처리합니다. 하지만 마음속으로는 덜 이기적으로 행동하고 지금 이 순간에 실제로 일어나는 현상을 더 철저하게 인식하며, 마음의 문을 더 활짝 열고 사랑을 더 폭넓게 베풀 수 있기를 진심으로 바랍니다.

우리가 과거에 때때로 그렇게 행동했고 그때마다 좋았던
까닭에 다시 그렇게 행동할 수 있기를 바랍니다.

따라서 두 번째 백만 달러짜리 질문이 제기됩니다. 어떻게 하면 우리는 그렇게 할 수 있을까요? 어떻게 하면 우리가 더 폭넓게 사랑하고 마음의 문을 더 활짝 열고 덜 이기적이며 더 현실에 충실하고, 잘못된 착각에서 벗어날 수 있을까요?

그렇습니다, 멋진 질문이지 않습니까.

유감스럽게도 이제 3분밖에 남아 있지 않군요.

따라서 짤막하게 말씀드리도록 하겠습니다. 여러 방법이 있습니다. 여러분도 이미 알고 있겠지만 여러분의 삶에서 친절을 베풀었던 시기와 그렇지 않았던 시기가 있었을 겁니다. 또 무엇이 여러분의 마음을 친절한 쪽으로 이끌었고, 무엇이 여러분의 마음을 그렇지 않은 쪽으로 이끌었는지도 알고 있습니다.

여기에서 흥미진진한 결론이 내려집니다. 친절이란 마음이 변덕스런 것이란 걸 확인했기 때문에, 친절을 바람직한 방향으로 개선할 수도 있다는 합리적인 결론이 내려집니다. 다시 말하면, 우리 주변의 친절 수준을 실제로 높일 수 있는 방법들과 행위들이 틀림없이 존재한다는 뜻입니다.

교육이 대표적인 바람직한 예입니다. 예술작품에 몰입하는 것도 좋습니다. 기도도 괜찮습니다. 명상도 좋습니다. 소중한 친구와 흉금을 털어놓고 얘기를 나누거나 어떤 영적인 전통에 귀의하는 것도 좋을 겁니다.

그리고 우리보다 앞서 수많은 똑똑한 사람들이 똑같은 의문을 제기하고는 우리를 위해 대답을 남겨두었다는 걸 인정해야 합니다. 과거로부터 그런 현명한 목소리를 찾지 않는다면 그것이야말로 이상하고 무모한 짓일 겁니다. 아무런 준비도 없이 물리학 법칙을 재발견하려는 시도나, 이미 존재하는 방법을 배우지도 않고 새로운 뇌 수술법을 찾아내려는 시도만큼이나 무모한 짓일 겁니다.

이미 밝혀졌듯이 친절하기는 쉽지 않기 때문에

친절은 누구나 할 수 있는 것부터 시작해서 결국에는 모
든 것을 포용할 수 있도록 조금씩 넓혀가야 할 것입니다.

그래도 한 가지는 우리 편입니다. 나이가 들면서 우리가 자연스레 '더 친절해진다'는 것입니다. 이는 단순한 회개의 문제일지도 모릅니다. 나이가 들면 우리는 이기적인 행동이 정말 부질없고, 어리석은 짓이란 걸 깨닫게 됩니다. 우리는 다른 사람들을 사랑하게 되고, 그렇게 함으로써 우리가 중심이란 생각이 잘못됐다는 걸 알게 됩니다. 우리가 현실의 삶에 걷어 차일 때 주변 사람들이 우리를 지켜주고 도와주면 우리가 독립된 존재가 아니라는 걸 깨닫게 되고 더는 독립된 존재이기를 원하지 않게 됩니다. 우리는 주변의 소중한 사람들이 약해지는 걸 지켜보며, 우리도 언젠가 먼 훗날에는 약해질 거라는 걸 조금씩 확신하게 됩니다.

따라서 대부분의 사람이 나이가 들면 덜 이기적이고 더 다정한 사람으로 변해갑니다. 나는 이런 변화가 사실이라 생각합니다. 시러큐스에서 가르쳤던 위대한 시인, 헤이든 카루스(Hayden Carruth)는 삶의 끝자락에서 썼던 시에서, 이제 그의 대부분이 '사랑'이라고 말했습니다.

따라서 예언이자, 여러분을 향한 내 진심 어린 바람을 말해볼까 합니다. 여러분도 나이가 들면 여러분의 자아는 줄어들고 사랑은 더욱 커질 것입니다. 여러분은 서서히 '사랑'으로 대체될 것입니다. 자식을 갖게 되는 순간이 여러분의 자아가 줄어드는 과정에서 결정적인 순간이 될 것입니다. 자식들에게 이익이 된다면 여러분에게 어떤 일이 닥치든 개의치 않을 것입니다. 오늘 여러분의 부모가 자랑스러워하며 행복해하는 이유도 거기에 있습니다. 그분들이 간절히 원하던 꿈 하나가 이루어졌습니다. 여러분을 지금까지 어엿한 인간으로 성장시켰고 오늘부터는 끝없이 여러분의 삶을 더 낫게 해줄 어렵지만 명백한 성과를 여러분이 거두었기 때문입니다.

그건 그렇고, 졸업을 축하합니다.

당연한 말이겠지만, 젊었을 때 우리는 성공하는 데 필요한 능력을 갖추었을까 알고 싶어 불안해합니다. 성공할 수 있을까? 남에게 의지하지 않고 꾸준히 성장하는 삶을 꾸려갈 수 있을까?

그러나 여러분, 특히 지금 세대의 여러분은 미래의 꿈을 성취하기 위해 필요한 인과적 특징을 일찌감치 알아차렸을 겁니다. 고등학교에서 열심히 공부하며 좋은 대학에 진학하기를 바라고, 그 좋은 대학에서 충실히 공부하며 좋은 직장을 얻기를 바랍니다. 또 좋은 직장에서 열심히 일하며, 또 다른 무엇인가를 바랍니다.

이런 인과성이 나쁠 것은 없습니다.

그래도 우리가 더 친절해지려면, 행동가로서 성취자로서 꿈꾸는 사람으로서 우리 자신을 진지하게 생각하는 기회가 그 과정에 포함돼야 합니다. 우리 하나하나가 최고의 자아가 되기 위해서 우리는 그런 기회를 가져야 합니다.

하지만 성취는 믿을 것이 못 됩니다. 여러분에게 성공이 무엇을 의미하든 '성공하기'는 쉽지 않습니다. 성공은 여러분이 산을 오를 때 여러분 앞에서 계속 높아지는 산과 같아서, 성공하려는 욕구가 끊임없이 새롭게 되살아나니까요.

따라서 진정으로 중요한 문제는 거들떠보지도 않은 채 '성공'하려는 욕구가 여러분 삶 전부를 독차지할 커다란 위험이 있습니다.

나 자신을 뒤돌아보면, '친절'을 멀리 밀어내는 경향을 띠었던 많은 것들로 내 삶의 많은 시간을 보냈습니다. 불안감과 두려움, 불안정과 공명심 등과 같은 것에 말입니다. 남부럽지 않은 성취를 이루면 불안감과 두려움, 불안정과 공명심을 깨끗이 떨쳐낼 수 있을 거라는 잘못된 확신도 '친절'을 방해하는 요인이었습니다. 충분한 성취, 돈과 명예를 넉넉히 쌓기만 하면 신경증이 사라질 거라고 믿었습니다. 적어도 대학을 졸업하던 날부터 나는 그런 짙은 안개 속에서 지냈습니다. 시간이 지나면서 나는 친절의 소중함을 절실히 느꼈습니다. 하지만 이번 학기부터 끝내자, 이번 학위부터 끝내자, 이 책을 먼저 끝내자, 이번 일을 성공해서 집을 장만하고 아이들부터 키우자, 이 모든 것을 이루고 난 뒤에 친절하게 행동하기 시작하겠다고 다짐했습니다.

하지만 끝이란 것은 없습니다. 그런 순환은 계속됩니다.

…… 끝없이.

끝으로 즉시 활용할 수 있는 조언 하나를 해드리겠습니다.

내 생각이 맞다면 여러분의 삶은 조만간 더 친절해지고 더 사랑을 베푸는 점진적인 과정에 들어갈 것입니다. 서두르십시오. 속도를 내십시오. 지금 당장 시작하십시오. 우리 모두에게는 이기심이란 장애가 있습니다. 엄격히 말하면, 질병입니다. 하지만 치료법도 있습니다.

여러분 자신을 위해 본분을 지키고 사전에 대책을 강구하는 환자가 되십시오. 심지어 어느 정도 필사적인 환자가 되십시오. 이기심을 가장 효과적으로 치료하는 약을 남은 생애 동안 적극적으로 찾으십시오. 무엇이 여러분을 더 친절히 행동하게 하고, 무엇이 마음의 문을 활짝 열게 하여 너그럽게 사랑을 베풀며 어떤 것도 두려워하지 않는 여러분의 또 다른 모습을 끌어낼 수 있는지 알아내십시오. 그 밖에는 어떤 것도 중요하지 않은 것처럼 오로지 그 것들만을 추구하십시오.

실제로 그 밖에는 어떤 것도 중요하지 않기 때문입니다.

다른 것들, 물론 야심적인 일들도 해보십시오. 여행을 다니고 돈도 많이 벌고 유명해지기도 하십시오. 혁신을 주도하고 사랑에도 빠져보십시오. 큰돈을 벌었다가 잃어도 보십시오. 거친 정글의 강에서 발가벗고 수영도 해보십시오. 하지만 원숭이 똥이 있는지 확인한 후에 하십시오.

하지만 그렇게 할 때, 가능하면 실수를 하더라도 친절한 방향으로 실수를 하십시오. 여러분을 진정으로 중요한 문제로 이끄는 것들을 하십시오. 여러분의 가치를 낮추고 여러분을 하찮은 존재로 전락시키는 것들은 피하십시오. 여러분 안에서 인격 너머에 존재하며 빛나는 부분, 말하자면 여러분의 영혼은 지금껏 존재한 어떤 영혼 못지않게 밝고 환히 빛납니다. 셰익스피어의 영혼만큼이나 밝게, 간디의 영혼만큼이나 밝게, 테레사 수녀의 영혼만큼이나 밝게 빛납니다. 은밀하게 빛나는 그 부분으로부터 여러분을 떼어놓는 모든 것을 멀리하십시오. 그런 부분이 존재한다는 걸 굳게 믿고, 그 부분을 보살피며 더 깊이 알려고 노력하십시오. 그리고 그 열매를 끈기 있게 남들과 함께 나누십시오.

그리고 먼 훗날, 80년 후, 여러분이 백 살이 되고, 내가 백 서른네 살이 되면 우리는 모두 거의 견디기 힘들 정도로 더없이 친절하고 사랑을 베푸는 사람이 돼 있을 겁니다.

그때 나에게 몇 자 적어, 여러분의 삶이 어땠는지 알려주십시오. 여러분 모두가 멋진 삶을 살았다고 말할 수 있기를 바랍니다.

여러분 모두에게 커다란 행복, 세상의 모든 행운, 그리고
아름다운 여름이 함께하기를 바랍니다.

더 친절하십시오

당신은 지금까지 살면서 가장 후회하는 것이 무엇입니까?
조지 손더스는 2013년 시러큐스대학교 졸업식에서 이 질
문으로 축사를 시작합니다. 손더스의 말대로, 삶의 황금기
를 앞둔 똑똑하고 활기에 넘치는 젊은이들에게 진심에서
우러나는 조언을 해주려는 마당에 '후회'라는 단어를 먼
저 언급한 이유가 무엇일까요? '후회'는 우리말 사전에서
는 "이전의 잘못을 뉘우치고 깨우침"이란 뜻이지만, 영어
에서 어원을 추적하면 '슬퍼하고 눈물을 흘린다'는 뜻에
가깝습니다. 따라서 후회는 머리만이 아니라 몸으로도 절
감하는 잘못입니다.

누구에게나 어떤 이유로든 후회하는 일이 있겠지만, 손더
스는 '더 친절하지 못했던 것'을 후회합니다. 뜻밖의 고백
이라 생각할 독자도 있을 겁니다. 물론 축사를 끝까지 읽
으면 그 이유를 짐작할 수 있지만 '친절'이란 단어의 어원
을 추적해보면, 손더스가 후회하는 것이 축사의 내용과
완벽하게 맞아떨어진다는 걸 알 수 있을 겁니다. 영어에
서 '친절'은 kind입니다. 대부분의 영어 사전에서 kind는
동음이의어로 '친절'과 '종류'라는 별개의 단어로 설명됩
니다. 그러나 엄격히 말하면, kind는 어떤 뜻으로 쓰이든
간에 하나의 어원에서 출발했습니다. 요즘 단어로 표현하

면 '가족(family)'에 가깝습니다. 따라서 영어에서 '친절'은 '상대를 가족으로 대하는 감정'이란 뜻으로 해석해도 무방할 것입니다. 여러분은 가족을 어떻게 대하십니까? 가족을 사랑하지 않는 사람이 있을까요? 누군가를 친절하게 대한다는 것은 결국 그 사람을 사랑한다는 것입니다. 사랑한다는 것은 상대를 소중히 생각하며, 그에게서 즐거움을 얻는다는 뜻입니다. 우리 모두가 서로에게 친절하다면, 우리 모두가 서로 사랑한다면, 결국 우리 모두가 가족처럼 지낸다면 세상이 어떻게 변할까요? 먼저, 성공을 위한 경쟁이 무의미해질 것입니다. 그렇다고 성공이 무가치하다는 뜻은 아닙니다. 하지만 성공의 열매를 독차지하지는 않을 것입니다. 자기만의 이익을 꾀하는 이기심을 이겨낼 수 있을 것입니다. 이기심은 인간의 본질적인 속성이어서 이겨내기 힘들다고 변명하지 마십시오. 손더스는 이기심을 극복하는 방법으로 '친절'이란 치료약을 제시했습니다. 이제 손더스가 지금까지 살면서 가장 후회하는 일로 '더 친절하지 못했던 것'을 언급한 이유가 이해될 것입니다.

손더스의 조언을 요즘 세상에는 전혀 통하지 않는 고담준론에 불과하다고 빈정거릴 사람도 있을 것입니다. 하지만 손더스는 요즘 같은 세상을 안타까워하는 마음에서 그렇게 조언했다고 뒤집어 생각해보십시오. 이 축사가 현 세상의 문제를 정확히 지적하며 해결 방법까지 제시했다는 점에서, 2013년 미국 대학 졸업식 최고의 축사로 꼽혔던 것이 아닐까요? 가끔은 손더스처럼 낭만적으로 생각하며 마음의 여유를 갖는 것도 이 세상을 살아가는 방법 중 하나일 것입니다.

2015년 여름 충주에서
강주헌

본문 일러스트 **첼시 카디널**Chelsea Cardinal

캐나다 태생의 그래픽디자이너이자 일러스트레이터, 패션디자이너. 앨버타미술디자인 대학(Alberta College of Art and Design)에서 비주얼커뮤니케이션을 전공했다. 2007년부터 「GQ」의 아트디렉터로 일하고 있으며 『Love and Other Ways of Dying』, 『Yes, Chef』 등 다수 책의 일러스트레이션을 담당했다. 2013년에는 의류 브랜드 카디널 (CARDINAL)을 론칭, 패션디자이너로도 데뷔했다. 현재 뉴욕 브루클린에 살고 있다. www.chelseacardinal.com

친절에 대하여

1판 1쇄 인쇄 2015년 6월 26일
1판 1쇄 발행 2015년 7월 3일

지은이 조지 손더스
옮긴이 강주헌

발행인 양원석
본부장 송명주
책임편집 이가영
본문 일러스트(pp. 8~109) 첼시 카디널
해외저작권 황지현, 지소연
제작 문태일, 김수진
영업마케팅 김경만, 윤기봉, 전연교, 김민수, 장현기, 이영인, 송기현, 정미진, 이선미

펴낸 곳 ㈜알에이치코리아
주소 서울시 금천구 가산디지털2로 53, 20층 (가산동, 한라시그마밸리)
편집문의 02-6443-8865 **구입문의** 02-6443-8838
홈페이지 http://rhk.co.kr
등록 2004년 1월 15일 제2-3726호

ISBN 978-89-255-5667-3 (03840)